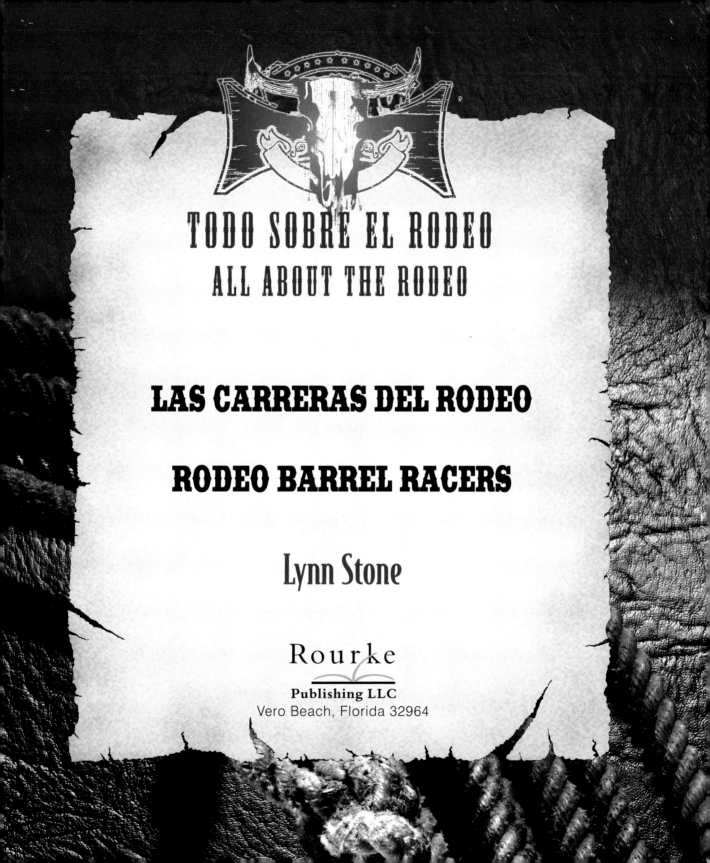

TODO SOBRE EL RODEO
ALL ABOUT THE RODEO

LAS CARRERAS DEL RODEO

RODEO BARREL RACERS

Lynn Stone

Rourke
Publishing LLC
Vero Beach, Florida 32964

www.rourkepublishing.com

Photo credits:
Front cover © Winthrop Brookhouse, back cover © Olivier Le Queinec, all other photos © Tony Bruguiere except page 11 © Kate Leigh, page 18 © Cindy Riley, page 23 © Jeff Cummings, pages 13 and 25 © Rick Hyman

Editor: Jeanne Sturm

Cover and page design by Nicola Stratford, Blue Door Publishing

Spanish Editorial Services by Cambridge BrickHouse, Inc.   www.cambridgebh.com

Library of Congress Cataloging-in-Publication Data

Stone, Lynn M.
  Rodeo barrel racers / Lynn M. Stone.
     p. cm. -- (All about the rodeo)
  Includes index.
  ISBN 978-1-60472-392-2 (hardcover)
  ISBN 978-1-60472-520-9 (hardcover bilingual)
  1. Barrel racing--Juvenile literature. I. Title.
  GV1834.45.B35S86 2009
  791.8'4--dc22
                                    2008018797

Printed in the USA

CG/CG

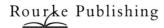

Rourke Publishing

www.rourkepublishing.com – rourke@rourkepublishing.com
Post Office Box 3328, Vero Beach, FL 32964

Contenido
Table Of Contents

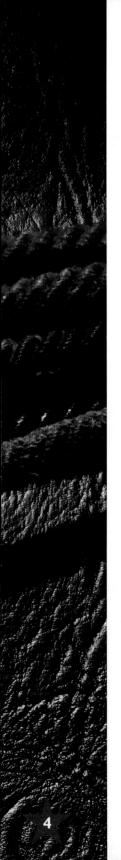

Las carreras de barriles / Barrel Racing

Las carreras de barriles son emocionantes demostraciones de cabalgatas en el rodeo, donde un jinete adiestrado con un caballo igualmente adiestrado, compiten. Esto reúne caballos muy entrenados y fuertes con algunos de los mejores jinetes de Norteamérica.

Las carreras de barriles conforman una de las siete competencias principales de los rodeos más importantes. Durante la competencia, un jinete monta un caballo con montura y cabalga a toda velocidad hacia tres barriles que están sobre el piso del **estadio** y luego da la vuelta alrededor de ellos.

Barrel racing is an exciting demonstration of rodeo riding, matching a skilled rider with an equally skilled horse. It pairs highly trained, athletic horses with some of the finest riders in North America.

Barrel racing is one of the seven main events in major rodeos. The event features a rider on a saddled horse running at breakneck speed toward, and then around, three barrels on the dirt floor of an **arena**.

Las carreras de barriles ponen a prueba la agilidad del caballo y del jinete.

Barrel racing tests the agility of both horse and rider.

Durante las carreras de barriles, el objetivo del jinete es guiar al caballo en un **patrón con forma de trébol** alrededor de barriles colocados en forma de triángulo, lo más rápido posible. Al igual que los domadores de novillos del rodeo, los jinetes de las carreras de barriles compiten contrarreloj solamente. El estilo no cuenta para nada durante este evento.

The objective of a barrel racer is to guide the horse in a **cloverleaf pattern** around the triangle of barrels as quickly as possible. Like rodeo steer wrestlers, barrel racers compete only against a clock. Style does not count a lick in this event.

El caballo y la jineta le dan la vuelta al barril en una competencia contrarreloj.

Horse and rider loop the barrel in a race against time.

Cuanto más se acerque el jinete a un barril, más cerrada es la vuelta que el caballo hace. Una vuelta más cerrada reduce la distancia y el tiempo. Pero una vuelta cerrada aumenta el riesgo de golpear el barril. A veces, un casco o un hombro del caballo toca el barril. A veces es el pie del jinete que roza el barril.

The closer a rider can come to a barrel, the tighter a turn the horse can make. A tight turn reduces distance and time. But a tight turn also increases the risk of striking a barrel. Sometimes a horse's hoof or shoulder catches the barrel. Sometimes it's the rider's foot that nicks the barrel.

Las carreras de barriles requieren que una jineta cabalgue a toda velocidad y dé vueltas cerradas a caballo.

Barrel racing requires a rider to run at high speed and make tight turns on horseback.

Por supuesto que la idea es que el caballo y el jinete eviten contacto con el barril. El barril se moverá fácilmente si se toca, así que no es particularmente peligroso.

Pero darle al barril le costará al competidor. El jurado descontará cinco segundos del puntaje del jinete. Eso será suficiente para que la corrida no obtenga el tiempo necesario para ganar.

The idea, of course, is for the horse and rider to avoid any contact with a barrel. The barrel will move easily, if it is hit, so it is not a particular danger.

But striking the barrel will cost the competitor. The judge will deduct five seconds from the rider's score. That is enough to assure that the ride will fall well short of a winning time.

Las jinetas corren más riesgo cuanto más se acercan al barril —si vuelcan un barril recibirán una penalización.

Riders take a bigger risk the closer they come to a barrel—an overturned barrel results in a penalty.

Una jineta galopa hacia el próximo barril durante una carrera de barriles.

A rider gallops toward the next barrel during a barrel racing competition.

Puede que las mujeres hayan inventado el deporte de las carreras de barriles. Pero aunque las mujeres hayan o no comenzado la actividad, por lo general esta se ha **transformado** en un deporte para mujeres. La Asociación de Mujeres de Rodeo Profesional (WPRA, por sus siglas en inglés) dirige casi todas las carreras de barriles de los rodeos profesionales y sus eventos son solo para mujeres. Los hombres no tienen derecho a competir en las carreras de barriles durante las Finales Nacionales de Rodeo.

Women may well have started the sport of barrel racing. But whether or not women actually began the activity, it has **evolved** largely into a women's sport. The Women's Professional Rodeo Association (WPRA) oversees almost all the barrel races at professional rodeos, and its events are for women only. Men are not eligible to compete in barrel racing at the National Finals Rodeo.

La Asociación Nacional de Caballos de Barril (NBHA, por sus siglas en inglés), otra organización importante, no permite la participación de los hombres en algunos de los eventos que **patrocina**. Entre los profesionales, sin embargo, la competencia de las carreras de barriles es esencialmente un deporte para mujeres.

The National Barrel Horse Association (NBHA), another important organization, does allow men to compete in some of the events that it **sponsors**. Among professionals, however, barrel racing is essentially a women's sport.

Participar en la competencia / Running the Event

Los tres barriles de 55 galones (208 litros) del evento, se colocan en forma de triángulo, y dos de los barriles forman la base que queda paralela a la entrada del caballo y el jinete. El tercer barril forma la punta del triángulo y está a igual distancia de los primeros dos barriles.

Los barriles de la base del triángulo son los barriles números 1 y 2. El barril de la punta, que está a la mayor distancia de la línea de salida, es el barril número 3.

The three 55-gallon (208-liter) barrels at the event are set in a triangle with two of the barrels forming a base parallel to the horse and rider's entryway to the arena. The third barrel forms the point of the triangle at an equal distance from the first two barrels.

Consider the barrels at the base of the triangle as barrel numbers 1 and 2. The point barrel, the most distant from the starting line, is barrel number 3.

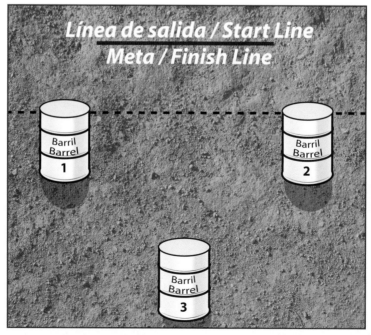

Juntos, los barriles forman un patrón con forma de trébol.

Together, the barrels make up a cloverleaf pattern.

La carrera comienza cuando la jineta y su caballo galopan hacia la entrada del estadio. El reloj comienza a marcar el tiempo cuando ambos cruzan la línea de salida en la entrada del estadio.

The race begins when the rider and her horse gallop toward the arena entryway. The timer for the race begins when the two actually cross the starting line at the entry to the arena.

13

Una jineta puede guiar su caballo hacia el barril número 1 o el barril número 2. Ya que la distancia es la misma, queda a elección de la jineta hacia cuál barril ir primero.

A rider may guide her horse toward barrel number 1 or barrel number 2. Since the distances are identical, it is a matter of the rider's choice.

Una joven jineta entra como un cohete al estadio durante una carrera de barriles.

A young rider bolts into the arena during a barrel racing competition.

Desde ahí, ella guiará el caballo hacia el segundo barril. Luego, el caballo y la jineta darán la vuelta al barril número 2.

From there, she will guide the horse toward the second barrel. The horse and rider will then loop barrel number 2.

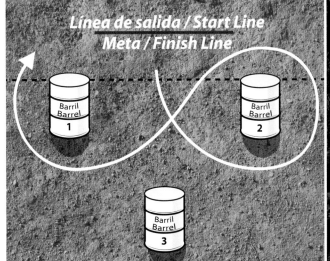

Un caballo de barril acelera hacia el barril final.

A barrel horse accelerates on course to the final barrel.

El acercamiento final será hacia el barril número 3. Después de la vuelta, el caballo y la jineta regresarán a la base paralela y correrán a la línea de salida, que es la meta.

La carrera entera toma escasamente 16 ó 17 segundos, y el tiempo se mide hasta la centésima de segundo.

The last approach will be toward barrel number 3. The loop will bring the horse and rider back toward the parallel base and into a sprint to the starting line, which is now the finish line.

The entire race takes roughly 16 or 17 seconds, and it is timed to 1/100th of a second.

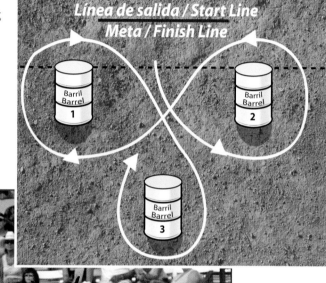

Una participante se inclina mientras da una vuelta cerrada alrededor del barril final.

A participant leans into a tight turn around the final barrel.

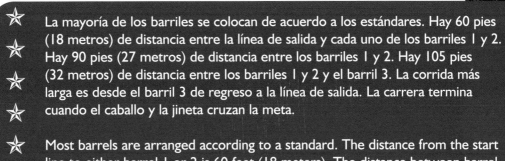

La mayoría de los barriles se colocan de acuerdo a los estándares. Hay 60 pies (18 metros) de distancia entre la línea de salida y cada uno de los barriles 1 y 2. Hay 90 pies (27 metros) de distancia entre los barriles 1 y 2. Hay 105 pies (32 metros) de distancia entre los barriles 1 y 2 y el barril 3. La corrida más larga es desde el barril 3 de regreso a la línea de salida. La carrera termina cuando el caballo y la jineta cruzan la meta.

Most barrels are arranged according to a standard. The distance from the start line to either barrel 1 or 2 is 60 feet (18 meters). The distance between barrel 1 and 2 themselves is 90 feet (27 meters). The distance from barrels 1 and 2 to barrel 3 is 105 feet (32 meters). The longest sprint of the race is from barrel 3 back to the starting line. The race ends as the horse and rider dash across the finish.

Para perfeccionar sus destrezas básicas, los niños suelen participar en las carreras de barriles para menores.

Boys and girls often use junior barrel riding events to improve basic skills.

Cada vez que un caballo da una vuelta alrededor de un barril, su jineta debe estar en la posición precisa. Ella se sienta firme en la silla y mantiene una mano sobre el pomo. Eso la ayuda a mantener su equilibrio. Con su otra mano agarra bien las riendas para guiar al caballo en una vuelta cerrada alrededor del barril.

Each time a horse pulls into a turn around a barrel, its rider must be in perfect position. She sits deep on the saddle, keeping one hand on the saddle horn. That helps steady her. Her other hand grips the rein to guide the horse tightly around the barrel.

Al igual que cualquier otra competencia de rodeo, las carreras de barriles son peligrosas para el caballo y el jinete. Las sillas colocadas cuidadosamente ayudan al jinete. Botas especiales protegen las patas del caballo para ayudarlo.

Mientras corre, un caballo extiende sus dos patas delanteras juntas hacia delante y sus dos patas traseras juntas hacia atrás. Ese movimiento hace que ambas patas delanteras y ambas patas traseras regresen al mismo tiempo debajo del cuerpo del caballo. Esto podría causar una lesión porque las patas podrían chocar, especialmente durante una vuelta cerrada. Las botas ayudan a evitar lesiones en sus patas.

Like any rodeo event, barrel racing is not without its perils for both the horse and the rider. Carefully fitted saddles help the rider's cause. The horse has an assist from special boots that protect its feet.

A running horse extends its two front legs forward together and its two rear legs backward together. That running motion brings the two front legs and two hind legs back together under the horse's body. That's a recipe for injury because the legs can strike each other, especially in hard turns. The boots help avoid leg injuries.

Las botas protegen las patas delanteras del caballo cuando se usa en las carreras de barriles.

Boots protect the front legs of the horse when used in barrel racing.

Las jinetas / The Riders

Al igual que otros atletas exitosos, las mejores corredoras de barril son deportistas dedicadas. Destreza en equitación y práctica, así como un caballo bueno, son esenciales para los que toman en serio el deporte.

Las corredoras de barril profesionales compiten por dinero y una variedad de premios. Las mejores corredoras de barril ganan premios similares a los premios de las competencias para hombres.

Like other successful athletes, the best barrel racers are dedicated to their sport. Good horsemanship and practice is essential, just as a good horse is essential for those who seriously pursue the sport.

Professional barrel racers compete for dollars and a variety of prizes. The best professional barrel racers win rodeo payoffs that match the payoffs of the men's events.

Las corredoras de barril compiten en eventos profesionales por dinero.

Barrel racers compete in pro events for prize money.

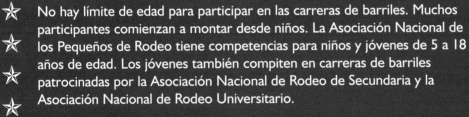

No hay límite de edad para participar en las carreras de barriles. Muchos participantes comienzan a montar desde niños. La Asociación Nacional de los Pequeños de Rodeo tiene competencias para niños y jóvenes de 5 a 18 años de edad. Los jóvenes también compiten en carreras de barriles patrocinadas por la Asociación Nacional de Rodeo de Secundaria y la Asociación Nacional de Rodeo Universitario.

Barrel racing has no age limits. Many barrel racers begin riding as children. The National Little Britches Rodeo Association provides competition for youngsters ages 5 through 18. Young people also compete in barrel racing events sponsored by both the National High School Rodeo Association and the National Intercollegiate Rodeo Association.

Los caballos / The Horses

Por lo general, hay una gran variedad de caballos, desde los veloces **caballos de pura sangre** hasta los fuertes **caballos de tiro**, como los Clydesdales y los Belgas. Sin embargo, las carreras de barriles no requieren ni la velocidad duradera de los caballos de pura sangre ni la fortaleza de los Clydesdales. El caballo más popular en las carreras de barriles es el caballo cuarto de milla americano. Los caballos cuarto de milla son inteligentes, robustos, ágiles y resistentes. Son rápidos en cortas distancias y pueden comenzar y detenerse rápidamente.

In general, horses are a mixed lot, from fleet **thoroughbreds** to mighty **draft horses**, like Clydesdales and Belgians. Barrel racing, however, requires neither the enduring speed of a thoroughbred nor the might of a Clydesdale. The most popular horse in barrel racing is the American quarter horse. Quarter horses are intelligent, compact, agile, and sturdy. They are fast over short distances and can start and stop quickly.

"Palomino" describe el color de algunos caballos que tienen el cuerpo dorado y pelo blanco en su crin y cola.

"Palomino" describes the color of some horses that have a gold coat and a white mane and tail.

Los caballos cuarto de milla suelen ser marrones, pero hay una variedad de colores en la **raza**, y los **palominos** y los **pintos** son comunes entre los típicos caballos cuarto de milla marrones. El color no determina el valor de un caballo de barril. La edad del caballo, su buen estado, su ascendencia y sus destrezas en las carreras de barriles determinan su valor. Los mejores del grupo se venden a más de $100 000. La silla y el freno podrían ser adicionales.

Quarter horses are often a shade of brown, but the **breed** comes in many colors, and **palomino** and **paints** are not unusual in the more typical mix of brown quarter horses. Color does not determine the value of a barrel horse. A horse's age, condition, ancestry, and demonstrated barrel racing skills determine its value. The best of the lot sell for more than $100,000. The saddle and bit may be extra.

Historia de las carreras de barriles / The History of Barrel Racing

Puede que las carreras de barriles hayan comenzado en Texas, posiblemente en la Reunión de los Vaqueros de Stamford (Texas) en 1932. Las mujeres fueron invitadas a demostrar sus destrezas en la equitación, formando un patrón con forma de ocho mientras cabalgaban lentamente alrededor de barriles.

Alrededor de la década de 1940, la Asociación de Vaqueros Aficionados (CAA, por sus siglas en inglés) había comenzado a patrocinar las carreras de barriles para mujeres como uno de sus eventos. La CAA ayudó a las vaqueras. Presentaba las carreras de barriles en los que se usaban los patrones con forma de ocho y de trébol. Finalmente, el más difícil patrón con forma de trébol se convirtió en el estándar del evento.

Barrel racing probably began in Texas, possibly at the Stamford (Texas) Cowboy Reunion in 1932. Women were invited to demonstrate their horsemanship by riding in a leisurely figure-eight pattern around barrels.

By the 1940s, the Cowboys Amateur Association (CAA) had begun to sponsor women's barrel racing as one of its events. The CAA was helpful to cowgirls. It held both figure-eight and cloverleaf barrel racing events. The more difficult cloverleaf pattern eventually became the standard for the event.

Las carreras de barriles actuales son mucho más rápidas que las carreras de la década de 1930.

Modern barrel racing is a much faster event than the barrel riding events of the 1930s.

Desde el inicio del rodeo en la década de 1880, el rol de las mujeres estuvo limitado por los hombres que promovían los rodeos. Algunas mujeres eran capaces y estaban ansiosas por participar en las carreras competitivas, pero había pocas mujeres y pocos eventos. Muchos promotores de rodeos pensaban que los rodeos no eran lugares apropiados para damas. Los rodeos solían contratar a las jinetas para agregar un elemento de belleza, disfraces coloridos y *glamour*.

Ever since rodeo's early days in the 1880s, the role of women in rodeos was limited by the men who promoted rodeos. Some women were capable and eager to participate in competitive riding events, but the women and events were few. Many rodeo promoters did not think the rodeo was a suitable place for ladies. Women riders were hired by rodeos mostly to add an element of beauty, bright costuming, and glamour.

Hoy día, la destreza y la velocidad le han ganado al glamour.

Today, skill and speed have galloped over glamour.

Por lo general, el rol de las mujeres del rodeo era cabalgar en los desfiles, en formación y en demostraciones de trucos. El rol de las mujeres cambió lentamente. El elemento de concurso de belleza fue disminuyendo, dándole más importancia a la competencia seria entre las mujeres talentosas que estaban dispuestas a cabalgar y trabajar duro. Se fueron reconociendo cada vez más a las mujeres por sus destrezas y su esfuerzo.

The role of rodeo women was largely to ride in parades, formations, and trick riding acts. The role of women in rodeo slowly changed. The beauty pageant element gave way to increased opportunities for serious competition among talented women who were willing to ride and work hard. Women were increasingly recognized for their ability and effort.

El rol de las mujeres en los rodeos ha cambiado al de competidora.

The role of women in rodeo events has changed to one of competition.

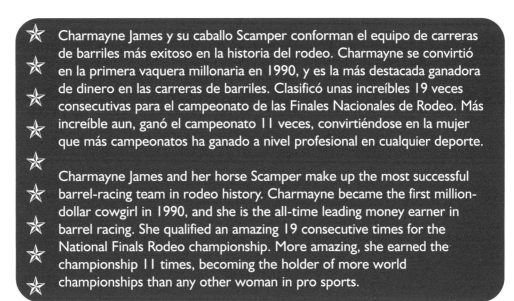

Charmayne James y su caballo Scamper conforman el equipo de carreras de barriles más exitoso en la historia del rodeo. Charmayne se convirtió en la primera vaquera millonaria en 1990, y es la más destacada ganadora de dinero en las carreras de barriles. Clasificó unas increíbles 19 veces consecutivas para el campeonato de las Finales Nacionales de Rodeo. Más increíble aun, ganó el campeonato 11 veces, convirtiéndose en la mujer que más campeonatos ha ganado a nivel profesional en cualquier deporte.

Charmayne James and her horse Scamper make up the most successful barrel-racing team in rodeo history. Charmayne became the first million-dollar cowgirl in 1990, and she is the all-time leading money earner in barrel racing. She qualified an amazing 19 consecutive times for the National Finals Rodeo championship. More amazing, she earned the championship 11 times, becoming the holder of more world championships than any other woman in pro sports.

Fundada en 1948, la Asociación de Niñas de Rodeo (GRA, por sus siglas en inglés) le proveyó a las vaqueras la organización necesaria para abogar por sus actividades. La GRA se convirtió en la WPRA en 1981, al hacerse más popular el rodeo.

Hasta pocos años atrás, las **bolsas** en las carreras de barriles no eran igual a las bolsas en los rodeos de los hombres. Pero esa barrera ha desaparecido también. Las participantes en las carreras de barriles profesionales compiten por dinero que iguala las bolsas de los hombres en las competencias de rodeo.

The Girls' Rodeo Association (GRA), founded in 1948, gave cowgirls a much-needed organization to champion their activities. The GRA became the WPRA in 1981 as rodeo became increasingly popular.

Until recent years, the **purses** in barrel racing did not match men's rodeo purses. But that barrier has fallen, too. Professional barrel racers compete for prize money that is the equal of men's purses in other rodeo events.

Hoy día, las carreras de barriles conforman una competencia importante de los rodeos. Es parte del rodeo establecido y se ha convertido en uno de los deportes más populares para mujeres de Norteamérica.

Today, barrel racing is a big-time rodeo event. It's in the mainstream of rodeo, and it has become one of the most popular women's sports in North America.

Glosario / Glossary

bolsas: premios en forma de dinero

purses (PURSS-iz): prize monies

caballos de pura sangre: la raza más destacada de caballos de carrera

thoroughbreds (THUR-oh-breds): the foremost breed of racing horse

caballos de tiro: caballos de razas robustas que se criaron para hacer trabajos, como jalar carretas

draft horses (DRAFT HORSS-iz): horses of heavyset breeds developed for work, such as pulling wagons

estadio: el gran recinto donde las competencias del rodeo y otros eventos públicos se llevan a cabo

arena (uh-REE-nuh): a large enclosure in which rodeo and other events are held for public view

raza: tipo de animal doméstico en particular que está dentro de y relacionado con un grupo más grande, como la raza Corriente es parte del ganado vacuno

breed (BREED): a particular kind of domestic animal within a larger, closely-related group, such as the quarter horse within the horse group

patrón con forma de trébol: la colocación de objetos en una formación con tres o cuatro puntos, parecida al trébol de tres o cuatro hojas

cloverleaf pattern (KLOH-vur-leef PAT-urn): an arrangement of objects that has three or four points, similar to a three-leafed or four-leafed clover

transformado: que ha cambiado a través de un proceso gradual

evolved (i-VOLVD): having changed through a gradual process

pintos: caballos de la raza pinta o con un patrón de colores mixtos que suelen parecerse a pintura salpicada

paints (PAYNTZ): horses of either the paint breed or of a mixed-color pattern that often looks like splattered paint

palomino: no es una raza específica de caballos, sino un caballo de color crema o dorado, que suele tener pelo blanco

palomino (pal-uh-MEE-noh): not a specific breed of horse, but a horse of a cream or golden color, often with white hair

patrocinar: cuando una persona o un grupo paga para que un evento se lleve a cabo

sponsors (SPON-surz): when a person or group pays to make an event happen

Lecturas adicionales / Further Reading

¿Quieres aprender más sobre los rodeos? ¡Los siguientes libros y sitios web son un buen punto de partida!

Want to learn more about rodeos? The following books and websites are a great place to start!

Libros / Books

Broyles, Janell. *Barrel Racing*. Rosen, 2006.

James, Charmayne. *Charmayne James on Barrel Racing*. Western Horseman, 2005.

McRae, Marlene. *Barrel Racing 101: A Complete Program for Horse and Rider*. Lyons Press, 2006.

Sitios web / Websites

http://www.wpra.com

http://www.charmaynejames.com

http://www.nbha.com/about/index.shtml

www.nlbra.com

Índice / Index

Sobre el autor / About the Author

Lynn M. Stone es fotógrafo, conocido mundialmente por sus fotos de la fauna y la flora y de animales domésticos. Es también autor de más de 500 libros para niños. Su libro *Box Turtles* fue nombrado "El libro de ciencias más destacado" y "Elección de los selectores 2008" por el Comité de Ciencias del *National Science Teachers' Association* y el *Children's Book Council*.

Lynn M. Stone is a world-reknowned wildlife and domestic animal photographer. He is also the author of more than 500 children's books. His book *Box Turtles* was chosen as an "Outstanding Science Trade Book" and "Selectors' Choice for 2008" by the Science Committee of the National Science Teachers' Association and the Children's Book Council.